सपनों में पता न था
(काव्य संग्रह)

दुर्गेश यादव

Delhi - 110089, India

संस्करण : 2020
ISBN : 978-93-89984-29-3

प्रखर गूँज पब्लिकेशन
एच-3/2, सेक्टर-18, रोहिणी, दिल्ली-110089
दूरभाष : 7982710571, 7838505899, 011-27851059

प्रथम संस्करण : 2020

© सम्बंधित रचनाकार के अधीन

आवरणः दुर्गाप्रसाद

सपनों में पता न था
दुर्गेश यादव

Sapno Me Pata Na Tha
ByDurgesh Yadav

Published by
PRAKHAR GOONJ PUBLICATION
Delhi-110089
E-mail : prakhargoonj@gmail.com
       sinha.neelu123@gmail.com

इस पुस्तक के किसी भी हिस्से को प्रकाशक अथवा लेखक की पूर्व अनुमति के बिना इलेक्ट्रॉनिक अथवा किसी अन्य माध्यम द्वारा पुनः प्राप्ति समेत किसी भी रूप में प्रतिलि. पिकृत, अनुवादित अथवा संगृहीत नहीं किया जा सकता है और न ही किसी भी रूप में अथवा किसी भी माध्यम से इसे प्रसारित किया जा सकता है। ऐसा किए जाने पर सम्बंधित के विरुद्ध कानूनी कार्यवाही की जा सकती है।

आमुख

मेरे शब्द भौंरे हैं। मेरी पंक्तियां भौंरों की बहार है। मेरे दिल के भौंरे ही मेरी वास्तविकता बताते हैं। मेरी पंक्ति मेरे दिल से निकली है। मेरी पंक्तियां भगवान के भेजे कोई परिंदे नहीं है, वरन बहार से जन्मे हैं और बहार में मिल जाएंगे।

कहीं मेरे शब्द आपको अपने पर आक्रमण करते दिखाई देंगे, मगर वह आक्रमण नहीं करेंगे। यह मेरी उम्मीद ही नहीं पूर्ण विश्वास भी है। मेरी पंक्तियों में कहीं बाण तो कहीं फूल भरे हैं। सिर्फ इस समय और चलती परिस्थितियों का कालक्रमण है। मैं अपने भौंरों को बहार से नहीं उड़ाना चाहता हूँ। मेरी पंक्तियां किसी के रोने की आवाज नहीं है। मेरी पंक्तियां भौंरे के माध्यम से बहार की खुशबू सारे वातावरण में फैलाना चाहती है।

मैं पंक्ति का हमदम हूँ। मेरे भौंरे मेरे दिल की आवाज और बहार दिल की धड़कन है। मेरी पंक्ति वह है जिसके नीचे मैं पै. रों तले दबा हूँ। उसका खट्टात्मक व्यंग है। मगर मेरी पंक्ति खट्टी है, कड़वी नहीं। मेरी पंक्ति में कलम का गुस्सा है। मेरी पंक्ति मुझे धक्का देती है, तब वह मेरे चलने का सहारा बनती है।

भौंरों के स्वामी बसंत से मुझे सिर्फ इतना कहना है कि मेरी पंक्ति श्री उन लोगों तक पहुंचे जहां लोग बारिश बसंत और भौंरों से प्यार करते हैं। यही मेरी तमन्ना है मैं भावों का प्यासा हूँ, और प्यार का भूखा हूँ ।

यही भूख प्यास मेरी सब कुछ है।

आशा है कि यह पंक्तियां आपको पसंद आएगी। कष्ट के लिए धन्यवाद। सहयोग के लिए आभारी।

दुर्गेश यादव

सपनों में पता न था

(काव्य संग्रह)

भौंरों को सिमनझिंगोला पहनाकर
बसंत में पेश करता हूँ
घोड़ी थी मेरी कलम, रुक गई,
इसीलिए दुनिया की भौंरों से रेस करता हूँ।

****

समय के दरवाजों पर कब तक
यह तूफानों समीरों का वार होगा
एक दिन तड़पेंगे तूफां और समीर जब,
ना ये जमीं होगी, ना आसमान होगा।

****

शासनकाल खत्म हो जाता है पंचवर्षीय योजना बनकर,
वादे रह जाते हैं सपने बनकर
लेकिन हम तो सदा कूड़े करकटों में रहते हैं,
कभी कूड़ा करकट बनकर कभी उनके कीड़े बन कर।

****

कहां अब खुशी चली गई, कहां अब गम नहीं है,
कहां वनों का राज था यहां, कहां पेड़ नहीं है।
ना जानवर है यहां, ना इंसानियत इंसानों में,
लगता है यह पुराना वाला जहां नहीं है।

बाजों की धमक से धंसने लगी भीत,
नयी परंपराएं आ गई, खत्म हुई पुरानी रीत ।
कृत्रिम पालना बन गया, झूलना बच्चों का,
ना रहे अब वह सावन के झूले, ना सावन के गीत।

****

हरे भरे खेत हीं फसलों से खाली हैं,
भिंडी आज लगती तोरई की साली है।
सड़कें टूट टूट कर खंडहर बन गईं,
जहां सूखा समझो वहीं नाली है ।

****

खुदीराम, सूखदेव, भगत क्या काम कर गए,
केवल देशभक्ति में शहीद होकर अपना नाम कर गए
अब नेता कौन शहीद होगा देश के लिए,
वह तो फांसी का फंदा देख कर मर गए।

****

रेलगाड़ी की जब आवाज सुनाई देती है,
स्टेशन पर मारामारी दिखाई देती है।
लोग धकेल देते हैं दूसरे को पटरी पर,
जब उन्हें अपनी मौत दिखाई देती है।

हम तो रो रहे थे छत पर बैठ,
दुनिया का हाल देख कर।
गुजरते राही हंस-हंसकर नहाने लगे,
हमें बारिश का दरिया समझ कर।

****

रास्ते में कीचड़ है तो क्या हुआ,
कमल भी तो कीचड़ में खिलते हैं ।
खड़ंजे सरक गए किनारों को,
तभी यहां बचे अब गढ़े मिलते हैं।

****

गांधी, नेहरू देशभक्त ऐसा काम कर गए,
अपनी अमर कहानी की हम पर छाप छोड़ गए।
हम तो आतंकी होकर दुनिया बर्बाद करने चले थे,
वह दुनिया सुधारने की हम पर कमान छोड़ गए।

****

जितना सेठ ने पैसा मांगा,
वह तो सारा दर था।
उसने तो मेरा घर समझकर बुल्डोजर चला डाली,
पता चला वह तो उसका ही घर था।

जाते वक्त मैं टकराया एयरपोर्ट से,
दो सज्जन मेरे भाई, उठाने आए, बड़े जोर से।
पता नहीं, आंख खुली जब
पैसे गायब थे कोट के घोट से

****

अता ही पता है,
पता ही नहीं पता है।
और जिसे पता था सारा मामला,
आज वही लापता है।

****

पायजामा का पायजामी हो गई
आग की नीलामी हो गई।
जिस पहाड़ से भड़कती थी ज्वाला,
आज वही पहाड़ी पानी हो गई ।

****

कबाब को उंगली में फंसा कर खाते थे,
बचपन में नंगे सरकारी पंप पर नहाते थे।
सब उजड़ गया, पुराना वह बगीचा,
जहां हम ढेलों से मधुमक्खियों को उड़ाते थे।

बारिश की बहार में भीगने से डरते हैं,
जो जमाना कहे उसे करते हैं ।
मानव आधुनिकी के जंजाल में फंस गया,
इसलिए जुकाम होते हुए भी छींकने से डरते हैं ।

****

रात में छाता देख काला अंधियारा सन्नाटा,
समीर झुओ के पीछे छुपने लगी ।
बादल भी गिड़गिड़ा कर लौट गए,
जब उन्हें तड़पती जमीन अच्छी लगी ।

****

बादल गरज कर सहम जाते हैं,
गरीब गुरबा नेताओं पर रहम खाते हैं ।
उठते हैं लहरों, सागर की तरह जब,
यह गरीब गुरबां तूफां पर भी कहर ढाते हैं ।

****

बर्र ने मधुओं की जगह ले ली,
जो कि बचपन सहेली बन कर उसके साथ खेली ।
ना वो रिश्ते रहे, ना वह संबंध,
आज भौंरे ने बहार से दुश्मनी मोल ले ली ।

पेड़ों के तने मोटे हो गए,
जो लगातार बढ़ रहे थे वह छोटे हो गए ।
सालों साल से अच्छा समझकर छुपा रखा था जिन्हें,
आज वही सिक्के खोटे हो गए

****

ज्वालामुखी लावा थी जो,
सूख कर हाड़ हो गई ।
कल तक जो निर्मम गिर कर उठ ना सकती थी,
आज वह साँड हो गई ।

****

मुखौटा पहनकर वो हमें डराने आए,
वो तो वास्तव में ऐसे थे।
उन्होंने हमारी जेब फाड़ डाली,
उन्हें मालूम ना था, उसमें पैसे थे।

****

ग्रीन बोर्ड को ब्लैक बोर्ड कहने लगे,
अच्छाई पर टिप्पणी बोर्ड भी सहने लगे।
चाक ने तो खुद सफेदी रंग चढ़ा लिया अपने ऊपर,
जब लोग बिल्कुल सफेद झूठ कहने लगे।

एक एक ईंट निकालने की कोशिश,
हमारे घर से ना निकाल पाओगे।
हमारी तो दीवारें हैं मिट्टी की बनी है,
फिर भी दीवार में कील तक ना गाड़ पाओगे।

****

जहां को दो घंटे में सुधार दूंगा,
आपसे मैं वादा करता हूँ।
मैं देख कर भी किसी को नहीं देखता,
क्योंकि मैं भी कुकर्मों का कायदा करता हूँ।

****

हमारा तंबाकू पीकर उन्होंने,
हमारी चिलम फोड़ दी।
हमने भी छत से घोड़े पर गिरा उन्हें घोड़े,
घोड़ी की लगाम छोड़ दी ।

****

जामुन के पेड़ पर शहतूत लग गए,
फल बनने से पहले फूल पक गए ।
वह तो खाने को टूट पड़े मिठाइयों पर,
लेकिन हम तो उनको देखते हैं छक गए ।

उठा लो बंदूकें यारों,
नेता अब सो गए।
जिन्होंने देश तबाह किया,
उनके ही ससुर हो गए।

****

रात का एक बजा बारह के बाद,
सारे चप्पे-चप्पे सोए थे।
अरगनी के सारे कपड़े सियार पहन कर चले गए,
जो परसों हमने अपनी शादी के लिए धोए थे।

****

दाग वाले राग अलापते हैं,
अपनी दूरियां विदेशों से मापते हैं।
हम तो भीख डालते हैं भिखारियों को,
वह भिखारियों से भीख मांगते हैं।

****

बॉर्डर पर शहीदों की लाइन लग रही,
एक के बाद एक की बारी है।
सरकार ना कुछ सोच रही,
दो मिनट के बाद शांति समझौता जारी है।

स्कूलों, भवनों पर पुताई की,
चमक सफाई के लिए।
उन्होंने हमें हीं फीता बना लिया,
अपने ढीले जूते की कसाई के लिए।

****

पास रहकर भी जहां पास नहीं है,
हरियाली होकर भी घास नहीं है।
वैसे तो हजारों मानव घूम रहे मांस लेकर,
लेकिन खुद उनके मांस में सांस नहीं है।

****

सांस में आस है,
जो ना माने वह निराश है।
कहने को तो ना रहा विश्वास दुनिया में,
पर मानो तो मां बाप भगवान तुम्हारे पास है।

****

देश की कमान किसे दी जाए,
सभा में मान सम्मान कैसे लिया जाए।
सड़कों पर तो हजारों पीते फिरते हैं,
कमरे में बैठकर राजनीति की शराब कैसे पी जाए।

जलती चप्पल फेंकी थी हा हा हा के लिए,
सारी फुलवारी स्वाहा हो गई।
फूलों के बीच छत्ता छुपा रखा था शहद के लिए,
सारी बूंदिया ही शहर की दहा हो गई।

****

पल ही यूं ही पल, पल भर में गुजर जाते हैं,
नेता यूं ही बढ़ चढ़कर भाषण दे जाते हैं।
आती है देश को सूख समृद्ध करने की बात,
जाने क्यों पेट्रोल की आग की तरह जल जाते हैं।

****

जब तक पैसा पास होता है,
यह संसार सारा साथ होता है।
फूट जाती है किस्मत उनकी जब,
उनके हाथ में खाक होता है।

****

अब ये दुनिया बदरंग नजर आती है,
फिर भी अपना रंग दिखाती है।
इतना सोचना तो लोगों के मत पर पत्थर पड़ गया है,
कि अपने साथ तो बहार भी रंग लाती है ।

बेरोग रोगी हो गए,
रोगी निरोगी हो गए।
हड़कंप मचेगा तो उठेगा तुफान,
इसीलिए लल्लू के उल्लू जोगी हो गए।

****

चूल्लू भर पानी मे तड़पती मछलियां,
बड़े तालाबों में हँसने लगी।
नदियां खुद ब खुद सूखे तालाबों पर आ गई,
जब उन्हें नन्हीं सखिंया अच्छी लगी।

****

रपट पर कील जमाए जाते हैं,
खूंटे पर मौंगरी लगाए जाते हैं।
कहीं फिसल ना जाएं कीचड़ की तरफ,
इसीलिए पैरों पर फेविकोल लगाए जाते हैं।

****

आंदोलन का जुनून है,
बाहर से हुआ देश रंगून है।
संस्कृति की कसर रह गई है अभी,
वरना ये अब बाजरे का चून है।

माढ़ने पर सिमटेगा नही,
खत्म करने पर निपटेगा नही।
चिकनी मिट्टी का क्या,केले के छिलके डाल दो,
ये मजबूत देश अब रपटेगा नही।

****

माली ने बबूल बो दिया घुसकर भीतर,
बगीचे के चारो तरफ से।
बची ना राह बाहर निकलने के लिए,
ना इधर से ना उधर से।

****

केंचुआ खाद बनाना छोड़ दे,
कुम्हार नाद बनाना छोड़ दे।
रेवड़ की सार हो जाएगी दुनिया,
जब इंसान दूसरे को इंसानियत सिखाना छोड़ दे।

****

पहाड़ पहाड़ी से प्यार करता है,
चौकीदार मंत्री की बयार करता है।
'हू की हुआ' आवाज करने लगे भ्रष्ट,
ये असली आवाज तो सियार करता है।

कहाँ वो नया मुकाम होगा,
राजनीति को जुकाम होगा।
कुत्ते खुद ब खुद झोपड़ियों मे छुपकर पिएंगे,
क्योंकि मेरे हाथ मे इमानदारी का सुरापान होगा।

****

निजीकरण अपना है,
वैश्वीकरण सबका है।
उदार तो होना पड़ेगा हीं
जब पड़ रहा तबके पर तबका है।

****

मेरा और उसका वजन सहन करे,
ना वह दम रहा खाट मे।
मनके चलते मन भर खाए
पीसने का दम भी ना रहा चक्की के पाट मे।

****

संसद की छांव में पनाह मिल जाए,
झंडे को लहराने के लिए हवा मिल जाए।
तूफान बाढ़ आपदा क्या करेंगे जब,
एक बार गुनाह को छिपाने की दवा मिल जाए।

बाजार में ना स्वाद रहा,
ना चाट चपाट में।
मिर्ची लगी सहन करता रहा,
क्योंकि वह मजा ना रहा चीख चिल्लाट में।

****

मां बजाने लगी खिलौने,
बच्चे को सुलाने के लिए।
देख कर अपना हित महंगाई बढ़ा दी,
किसान को रुलाने के लिए।

****

परिंदे के घोंसले को देख लिया,
सूखी कैसे, घोंसला खींच लिया।
तालाब में गिरते रहें जाल, पल दो पल में
इसीलिए मछलियों ने भी उड़ना सीख लिया।

****

वायुयान में चढ़ा चीते की तरह,
पहुंचा सिडनी में सीते की तरह।
लोग उठ झांक कर बांधने कसने लगे,
मुझे जूते के फीते की तरह।

देख भोर की लालिमा,
आंखों में छपती जाती है।
सूखा बारिश में नहाती थी,
पर आज बारिश सूखे में लोटने आती है।

****

चांद, चमेली चंपाकली
अधर अंधेरे में नाचे अकेली।
भीतर से अंधियारी ऊपर से सुरीली,
ढक देती है बू को चमेली।

****

कोयल बहार से छुपकर गा लेती है,
चांदनी चांद से छुपकर हंस लेती है।
चोरी डकैती मारधाड़ खेल हो गए,
अंधियारी रात अकेले ही घर में कूमल लगा लेती है।

****

सब्र अब कब्र बन गई,
गाली ही लफ्ज बन गई।
कबूतर गुटर गूँ हंसने लगे हैं,
क्योंकि गुटर गूँ ही उनकी अब नब्ज बन गई ।

रात भी अब अंधेरे का इंतजार करेगी,
गरीबी गरीब को निहारा करेगी।
बहार भी सोच सोच कर किस्मत पर रोएगी,
जब ना यहां जंगल रहेगी ना ही तितलियों की टोली रहेगी।

****

कल तक माना था अपना जिसे,
उसने पराए होने की बात सोच ली।
सोच कर कही थी बात अपना ही,
पर उसने तो हमारी नाक ही नोच ली।

****

दूसरे की बात करने का जमाना ना रहा,
हंसने बोलने का जमाना ना रहा।
घर में बैठकर हंसकर किसी से बात कर लो,
ये भी बात करने का ठिकाना ना रहा।

****

भ्रष्ट दलाली को देख छुपा रहा,
उनकी कुर्सी पर बैठा आसीन है।
धू धू विस्फोटो से जलते घर को देखकर,
आह भरकर आंखों में आंसू लेकर कहता है-
क्या सीन है

दर्द जमाने का सहा नहीं जाता,
क्या शब्द है मन में कहा नहीं जाता।
लोग एक ऊपर एक गिरकर बना रहे ढेर,
कैसा घूर बना दिया जहां को रहा नहीं जाता।

****

फूलों ने महकना छोड़ दिया,
कांटो का रुख अपनाया है।
गिरकर उठने की बात करती है दुनिया,
फूल में गिरकर उठने की ताकत कहां।

****

भंवरे की तरह गुनगुनाने की आदत बन गई,
परिंदों की तरह उड़ जाने की चाहत बन गई।
कोई कहे ना कहे जहां की,
पर मुसीबत देखना अब मेरी इबादत बन गई।

****

बुराई का बदला बुरा बनकर नहीं देते,
बुरे का साथ छोड़ देते हैं।
दुनिया का अब नियम ही बन गया,
अपना बनके अपने का घर तोड़ देते हैं।

लोगों को पड़ोसी की छत पर बम फोड़ते देखा है,
मैंने आजमा के भी देखा है।
बिगड़ी करतूतें नहीं तो कुछ नहीं,
आज का जमाना यह कहता है।

****

झुग्गियों में रहने वालों को याद नहीं करते,
भ्रष्ट नेताओं की बात नहीं करते ।
हमारी तो रूह में बस गई है बुराई,
तभी हम जमाना सुधारने की बात नहीं करते।

****

नेता कहते हैं कुछ ऐसा हुआ होता,
हमारे कारनामों ने जनता को हंसा दिया होता।
हम एक बार में ही राजा बन बैठते,
पर उन्होंने हमारे चुनाव चिन्ह का बटन तो दबा दिया होता।

****

कहां वे सालों से नहीं नहाए,
आज ठंड में नहा बैठे।
बात तो करते थे दस मंजिल से कूदने की,
चप्पल से फिसलने पर पट्टी चढ़ा बैठे।

ना मुरझायेंगे अब वे पेड़,
जो हाथ लगाने से डरते थे छुईमुई के।
मकान मीनारें ढहने लगी ऊंची ऊंची,
जिनके नीव के खंभे बने थे सुई के।

****

छुप गए वे उड़ते परिंदे,
जो सबसे न्यारे थे,
हमने जलाकर उन्हें ही रख कर दिया,
जो लोग हमारे सबसे प्यारे थे।

****

जानवर पशुओं में कोई रंगभेद नहीं,
खाना खाए ना खाए कोई खेद नहीं।
सच्चाई छुपना भूल गई अब,
उस बर्तन से भी बाहर आ जाती है जिसमें कोई छेद नहीं।

****

पत्थर की मूर्ति भगवान बन गई,
मां बाप की दुआ को श्राप समझते हैं।
श्राप ही अब शराब बन गई,
लेकिन शराब को ही सब सवाब समझते हैं।

तितलियां भौंरे से मिलना चाहती है,
बहार में विचरना चाहती हैं।
चलते हैं तूफां समीर तो,
ना वहां भौंरे, बहार होती है ना वह मिलना चाहती है।

****

नाग जैसे पटियाली,
जब उतार फेक सिर से डाली।
लोगों ने घेर लिया लाठी-डंडों से,
वास्तव में थी वह नागिन काली ।

****

गुलाब से सुगंध को बू आने लगी है,
चरखों में चूँ-चूँ होने लगी है।
धागा कातने पर काट देते हैं धागा,
सेंट से खुशबू की सुगंध आने लगी है।

****

दो दिन की खुशी में मां से दूर हो गए,
पत्नी के चक्कर में मशगूल हो गए।
कल तक तो कहते थे कि मां की मंदिर में पूजा करेंगे।
पर आज सारे अरमान चकनाचूर हो गए।

दुश्मन को मारने की बात करते थे,
डंडा तोड़ डाला ।
लड़ाई में तो सबसे आगे किया हमें,
पुरस्कार के लिए हमें ही मार डाला।

****

गंगा की धारा बहते बहते,
कूड़े कबाड़े की नाली हो गई।
वे मरे चाहे नाली में गिरे,
हम उनकी सच्चाई कहे तो गाली हो गई।

****

ऊंचे मजबूत पेड़ को काट देते हैं,
जिसकी ना कोई खता होती है।
काटता जड़ से वही है जिसको,
कहां तक है पेड़ की जड़, पता होती है।

****

आवाज में कौओं के तर्ज है,
कोयल को हुआ गले का मर्ज है।
बाकी पंछी कहां गए पता नहीं,
क्योंकि उन पर कई वर्षों से ना कूकने का कर्ज है।

चाहे काली खांसी हो या सादा,
एक टेबलेट काफी है।
सजा दस साल की हो या फांसी
रात में कोर्ट खुलवाने वाला बस एक एडवोकेट काफी है ।

****

सूरज की चाल पश्चिम तक है,
लगता वह गया थक है
जो जीवन देता है मानव को,
आज उसको उन्हीं पर शक है।

****

पीते हैं वे रम,
जो रखते नहीं हमदम।
हड्डियां हुई खोखली,
ना है अब भी गम।

****

घड़ी की सुई की आवाज नहीं,
पेंडुलम की आहट सुनाई देती है।
गाड़ियां तेजतर हो जाती हैं ।
जब सड़क पर भीड़ की रुकावट दिखाई देती हैं।

मारामारी चल रही दो दो आने को,
एक दूसरे की जेब में भर रहा सब्जी खाने को।
मेरी तो आंख निकल गई चिल्लाने लगा,
पुलिस खींचने लगी थाने में रपट लिखाने को।

****

तड़पती तड़पती जमीन पर पड़ते मार,
सूखी दरार देख बादल करने लगे गर्जन।
दो पल में सीं कर ठीक कर देते,
अगर वे होते अस्पतालों के सर्जन।

****

तारीख गायब थी कैलेंडर में दीपावली की,
दीपावली का हाथ कैलेंडर पर छूट गया।
बवंडर उठ खड़ा हुआ, दीपावली कैलेंडर के बीच।
देख बवंडर महंगाई से गैस का सिलेंडर फूट गया।

****

सूरज के डूब जाते जाते,
दिन ढलते ढलते रात हो गई।
काम करें ना करें एक समान,
क्योंकि बेरोजगारी अब रोजगार बन गई।

भगवान है हमारे मां-बाप,
जिनकी हृदय में हमारी छाप ।
अपनी जिंदगी से प्यारी हमारी जिंदगी उनको,
लेकिन लोग समझते हैं उन्हें शाप।

****

यह जहां हर मंजिल को मुश्किल समझता हैं,
हम जहां को मंजिल समझता है ।
बड़ा फर्क है हमारे और जहां के नजरिए में,
जहां जिन्हें सपना समझता है हम उन्हें अपना समझता है ।

****

कंप्यूटर ईमेल का सभी याद रखते हैं पासवर्ड,
पासवर्ड का अर्थ होता है वेलकम।
करते हैं सभी का वेलकम,
लेकिन तुम कब करोगे हैक करना कम।

****

व्रत रहते हैं भगवान की पूजा के लिए,
खाते हैं आलू में नमक मिला आहारी।
शाम को बकरे खा जाते हैं,
दिन में बनते हैं पुजारी।

भीत क्या गिरी बारिश में,
बनी ही बिगाड़ दी।
नाव पहुंचने ही वाली थी किनारे पर,
कि नाविक सहित बल्ली गाड़ दी।

****

भिखारी भी पाँच रूपये मांगते हैं,
ना देने पर कीचड़ उछालते हैं।
लूटने नोचने वाले कौवों को,
केवल भ्रष्ट मानव पालते हैं।

****

कहां अब राम है कहां अब श्याम है,
हमको तो अपने से काम है।
लाखों रावण बन गए हैं अब जमीन पर,
जिंदगी जिनकी राम बिना हराम है।

****

देश के लिए मरना भी देश भक्ति कम है,
कुत्तों की रहम ही बेरहम है ।
जिसके पीछे ना किसी का हाथ पैर,
वही तुम और हम हैं।

घड़ी की सुई रुकती नहीं,
अंक फड़फड़ा कर रह जाते हैं।
लहर सागर की रुकती नहीं,
कितनी ने ही किश्ती किश्तियाँ बह जाते हैं।

****

कंबल ने रजाई को ओट दी,
तकिया ने रजाई ओढ़ ली ।
तीनों काले अंधियारे कोहरे से छुपने लगे,
मानव ने आकर तकिया रजाई ठंडे पानी में ओट दी।

****

वे अपनी शानो शौकत लिए फिरते हैं,
रात दिन अपने मन को घिरते हैं।
कबाड़ी का कबाड़ा खुला है, उनके लिए
जिनके पुर्जे काम नहीं करते हैं।

****

कोयल की लगती अजीब सी कूक है,
हल की हो गई खुरदरी नोक है।
खुदा की अभी भूल हुई है,
वरना कहां छुपेगा इनका पापों का संदूक है।

समय के आते टोकरी में संडेदू पकड़ा जाएगा,
ना सड़ा टमाटर रहेगा ना दूसरा सड़ पाएगा।
सड़ा पहले ही निकाल फेंक देंगे,
'एक मछली सारे तालाब को गंदा करती है'
मुहावरा जकड़ा जाएगा।

****

लहरें उठती हैं आसमान की तरफ,
हवाएं चलती है सरपट की तरफ।
इसी तरह स्वार्थी बन गई है अब दुनिया,
एक बार कोई नजर उठा कर तो देखो हमारी तरफ।

****

राजनीति तो वह है जो चलाती है,
लंगड़े लोगों को उठाती है।
बनना ना कभी भ्रष्ट मानव किसी पार्टी के,
कमबख्त ये वह चीज है जो चलते लोगों को लंगड़ा बनाती है,

****

खिल खिलाकर तालाब में धकेल दिया,
कहा, हमने भी नहाने आ रहे हैं।
मिट्टी का तेल छिड़क लगा दी आग,
कहने लगे तुम्हारे लिए फूल आ रहे हैं।

कार से दिखता आर पार है,
खुदा को बंदे से प्यार है।
वरना कौन किसका माता-पिता भाई-बहन,
सबको अपने धन दौलत से प्यार है।

****

एक का देख एक दूसरे का जिया,
दौलत देख है खौलत।
चिड़िया चुंगा छीनने लगी चूजे से,
लेकिन बाज देने लगा कबूतर को मोहलत

****

हम तो खुश रहने के लिए
नाजुक से हाथ से कांटे तोड़ने चले थे।
उन्होंने मुड़कर हमें ही तोड़ दिया,
जिन्हें तोड़कर हम मोड़ने चले थे ।

****

सड़कों पर हार्न की आवाज सुनाई देती है,
घास मन ही मन सोच मुरझा लेती है।
लगी है तन में आग धरती के,
बिना कहे किसी से आग से आग बुझा लेती है।

हरी घास भैंस की चाहत होती है,
झंडू बाम से जुकाम में राहत होती है।
अब ना घास रहेगी ना भैंस,
क्योंकि घास के तिनके चबाने पर भी आहट होती है।

****

मेंढक टर्र टर्राते हैं,
परिंदे पर फड़फड़ाते हैं ।
फंसा दिया एक ने दूसरा,
अब आपस में गिड़गिड़ाते हैं।

****

पहाड़ की चोटी पर खड़े हंसते हैं,
फिसले तो पहाड़ तले होंगे।
पता ना होगा कहां घिसे कहां बचे,
बस लाल रक्त से रंगे होंगे।

****

भ्रष्ट साइकिल पर कब तक सवारी करोगे,
सवाल पर कब तक जवाबी करोगे।
निकल जाएगी हवा पहिए की पंचर होकर,
सोचना मुश्किल हो जाएगा कैसे जिओगे कैसे मारोगे।

शाम को सुबह में बदल देंगे,
सूखे को बारिश में बदल देंगे।
एक बार ओस पर हाथ फेर कर तो देखो,
बादल खुद-ब-खुद बारिश कर देंगे।

****

खो गई कहाँ नीति मानवतावाद,
रखती ना थी किसी की बुराई थी।
संसद में होने लगा है वाद विवाद,
ऐसी नीति रास किसे आई थी।

****

मारामारी के संसार में,
जहां के जंजाल में नरक नहीं है।
लूट लो चोरी कर लो,
लेकिन अपनी चीज मांगने का ही अब हक नहीं है।

****

काली अंधियारी रात में दूर बैठा,
हरा पेड़ भी लगता सूखा है।
तर होता था नानी का गला कहानी के समय,
जो हो चला आज रुखा है।

नाली के कीड़े रास्ता नाप लेते हैं,
बनाकर एक दूसरे को अपना।
मनुष्य तो अपने पैरों को ही भूल गया,
सोचता है सपने में सपना ।

****

छत से गिरा कंडा जमीन पर,
दीवारों से टकराकर भी टूटा नहीं।
कबूतर के तो पंख पंख बिखर गए तूफान के चलते,
मगर कबूतर की बाज के पंजे से छूटा नहीं।

****

पग पग पर चलते चलते,
गड्ढे खाईयां मिलती है।
ना रोता हुआ मिलता कोई ना हंसता,
पर रोने की रुसवाईयां मिलती हैं।

****

खुद मेरी खुदी कर कनखी मारती है,
सूखे खेतों में बैठी हरियाली संवारती है।
कहते हैं समीर जरा हटकर बह,
उतनी ही वह कानों पर कनपटी मारती है।

चोरी लूट कर के परिवार को चलाता था,
एनकाउंटर में मारा गया, अखबार में छपा चित्र।
उसका ५०-५० का नाता था,
अपवित्र नही वह था पुलिस का मित्र।

****

हाथों में पानी सा रिसता हूँ,
फिर भी हाथों में मिठास बना रहता हूँ।
मीठे की जड़ मीठा गन्ना होकर भी,
किरें में पिरता फिरता हूँ ।

****

चोरी करने निकला था,
घर की मालकिन भा गई।
इंजन लेकर निकला था सूखे में पानी के लिए,
अकस्मात बादल की घटा छा गई।

****

जमाना मानवीय दीक्षा लेना भूल गया,
सुरक्षा करने को तोड़ने फूल गया।
वह जानता है गहरे समुद्र को,
फिर भी सिर पर रख पापों का घड़ा उसमें कूद गया।

पढ़ाई को गोल कर के,
गए थे करने जिम के लिए।
मोबाइल से तो भरी पड़ी है लाखों जेबें,
पर मोबाइल तड़प रहे बैलेंस सिम के लिए।

****

शराब का जवाब नहीं या जवाब का शराब नहीं,
सटीक कहना सुनना मुश्किल है।
एक बार जलकर राख हो गया,
वह पेड़ दोबारा हरा भरा होना नामुमकिन है।

****

हम कितने अजीब होते हैं,
जिन्हें मां बाप नसीब होते हैं।
मां बाप का एहसास उनसे पूछो,
जो दूर रहकर भी मां-बाप के करीब होते हैं।

****

पाठ को समझाने के लिए संदर्भ पढ़ते हैं,
साथ में सीट पर ढोलक गढ़ते हैं।
कितने बदनसीब हैं हम सब,
खाली कॉपी में अक्षर ढूंढते हैं

नामुमकिन हो गया मुमकिन,
किसने चांद पर जाने की सोचा थी।
हल मिल गया था उस मसले का,
जिसको समाज ने समझा आज तक लोचा था।

****

शीतल छाया में छोटे पौधे,
पड़े हैं मुंह औंधे।
लकड़हारा गिरा डाले पूरे या आधे,
कोई कहे तो समाज भी कौंधे

****

मोबाइल की सिम मानव का मन,
रखता अपनी अपनी मेमोरी है।
सिम को चुरा ले रहा मानव,
लेकिन मानव का मन तो खुद हुआ चोरी है।

****

हाथ से रोटी छीन ले गई,
चिड़िया नहीं वह चील थी।
हथेली मे घुसा था जो कांटा २ साल पहले,
वह कांटा नहीं ४ इंच मोटी लोहे की कील थी।

जब हरी भरी बहार आती है,
तो फूल की नई कली खिलती है।
कोख में खा लेता है बच्चा खाना,
पूछने पर मां भूखी मिलती है।

****

सुबह उठकर जाकर जंगल में,
मंजन को प्रयोग करते थे नीम लकड़ी।
रेत को सूखा छोड़ गंगा दूर चली गई,
तरबूज तो ना रहा बची सूखी ककड़ी।

****

उसी ने मेरा घर उजाड़ दिया,
जो कल मांगने आया था आग ।
जलते धू-धू करते देख घर मेरा,
गाने लगा गीतों के राग।

****

नदिया बहकर विराट बनकर,
किलकारियां हिलोरे खाती है खादर में।
सारा रंग उड़ गया मीठा पन भी,
जो मिलता था ताजी गाजर में।

पेड़ बड़ा हो या पौधा,
सेवा करता माली ही माली है।
सजाया था घर उनके स्वागत के लिए,
लेकिन हमें मिली लोगों से गाली ही गाली है।

****

धरती पर फैले कुकर्मों को,
दिन पर दिन मिटाना होगा।
नए पेड़ सभी उगेंगे,
जब पुराने फूल पर दाना होगा।

****

झूठ ही काला नाला है,
नाले ने ही इसको पाला है।
यह तो आपस में है भाई भाई,
पर जो इनकी बात करें वह इनका साला है।

****

मोह की जरूरत है हमें,
पड़ी है मां-बाप के प्यार की लत।
आज सारे तार टूट गए,
इसीलिए खुदा को भी नहीं मिल रहा धरा का खत।

कब्जा सपनासार पर काले मुखडो ने कर लिया,
दर्पण में बनी छायाएं मारती हैं किलकारियां।
बहारों से सुगंध लेने आयीं,
मकड़ियों के जाल में फंसती हैं तितलियां।

****

परिंदों के पर काट दिए,
मनुष्यों के सिर काट दिए।
खुदा का शुक्र है हमारा जहां ही जहां से अलग है,
वरना हमारे भी फर काट दिए।

****

झोपड़ियों में छुपने वाले कुत्ते आज शेर हो गए,
अधूरे पूर्ण हो गए।
ऊंची मीनारों में रहने वाले काले मुखोटे,
समय के चलते आज बेघर हो गए।

****

समीर सागर की कदर करती है,
वरना विगड़न उसकी गदर करती है।
नाम होता है लहरों का झोटों का,
असली पालन-पोषण तो बच्चे की मदर करती है।

चींटियां स्वयं खुद को खाना जुटाती हैं,
बच्चों को प्यार लुटाती हैं।
नदियों की हंसती गाती लहरें आती हैं चली जाती हैं,
लेकिन मनुष्य प्रकृति की दशा देख आंखें भर आती हैं ।

****

चमकती थालियों की जगह अरबी के पत्ते डालते हैं,
जो खाना परोसने हैं उन्हें जिंदगी से पालते हैं।
चमकना पसंद करती है दुनिया,
वे चमचमाते चांदनी के पीछे ढेलों के दाग नापते हैं।

****

बल्ब है दीवारों पर मोमबत्तियां नहीं है,
दीवार ढंकी है अभिनेताओं के चित्रों से।
अपने देवी-देवताओं को भूले नहीं हैं,
अभिनेत्रियां तो २ दिन की बाहर भीतर से।

****

सखियां रात को गीत गाती हैं,
दिन में गाती साखी।
बॉर्डर पर जान गंवाए जाने पर भी,
सुनी खुद को देख फिर भी हंसती है राखी।

ऐ अंधकार इस तरह हावी मत हो,
ऐ धुंध चारों तरफ से शरारत मत दो।
वरना तू उस दिन बहुत पछताएगा,
जब मैं सूरज बनूंगा तू पल में गुजर जाएगा।

****

हजारों सैनिक शहीद हो गए,
घर जलकर उनके राख हो गए।
वे ना रहे तो क्या देश सलामत रहे,
वह ना होकर भी अमर हो गए।

****

धूप शीशे में भीतर आ जाती है,
बाहर जाने को तड़पती है।
रंग चढ़ जाता है जब काले झूठ फरेब का,
तो ना वह तड़पती है ना दोपहर में कड़कती है।

****

हरे पत्ते गिर कर डाली से,
करते हैं बेवफाई कर दी।
बेवफाई कहां की थी,
गिरकर तुमने हमारी बेकद्री कर दी।

कभी मन उदास होता है,
हल्का सा दिल मजबूर होता है।
सोचते हैं दुनिया को सजाने की,
लेकिन मन में निर्मम ख्वाब होता है।

****

आसमान में पंख लहरा कर घूमती थी,
वह चिड़िया आज उड़ी नहीं।
दूसरों की जेब के दम पर वह जीते हैं,
जिनके जेब में कौड़ी नहीं।

****

कौन कहता है जहां वहां होगा,
ना जाने कहां होगा।
शौक से बर्बाद होते देखेंगे इस दुनिया को,
पता ना चलेगा जहां कहां-कहां होगा।

****

बादल कहां गए जो,
पानी बरसाते थे।
दुनिया के चक्कर में रास्ते खो गए,
जिनसे हम घर जाते थे।

घने जंगल की जगह बनी घनी बस्ती,
लड़खड़ा कर गिर रही है।
जो जड़ बुराई के लिए दवाई थी जमीन में,
वही जर्मीं का दिल कुरेदने को मजबूर कर रही है।

****

घर जाते जाते ऊब गई दुनिया,
रास्तों में सड़क पर सो लेते हैं।
जुगनू के पास अब ना रहा प्रकाश,
इसीलिए अंधेरे में बैठ रो लेते हैं।

****

लोग गुलाब के हरे पौधों को उखाड़ फेंक रहे,
जो रखते पैनें कांटे हैं।
उन्हें तो पता नहीं हमने उनसे कहा नहीं,
वह तो खुद भ्रष्ट कुत्ते ने काटे हैं।

****

अट्ठारह की उम्र थी,
वह भी हम उम्र थी।
सोचा पास जाकर मिले,
पता चला वह हमें दफनाने की कब्र थी।

भग्नावशेष रूप दे रहे मुहल्लों को,
सुनसान सन्नाटा शोभा देता है।
लोग जड़ खोद फेंक रहे,
जिन्हें विरान दौर सुशोभा देता है।

****

रोना धोना किस्मत का खेल है,
दुनिया गरीबों की जेल है।
खून की नदियां बहा कर ही राजा बन जाते हैं,
जिनका शासित नेताओं से मेल है।

****

सीमा पर नौजवान की शान होती है,
अपने मुल्क की पहचान होती है।
गिरकर गिराकर गिरते नहीं बढ़ते रहें,
सभी के दिलों में यह तान होती है।

****

भीख मांगना शोभा नहीं देता उन्हें,
जिनके हाथ होते हैं।
अच्छा तो उन्हें लगता है जिनके शरीर में,
उधारी के दांत आंत होते हैं।

रस्सी खूंटा खरीद ली,
जब ना कोई सहारा रहा।
खुद ही कब्र खोद ली,
कोई ना जब दुनिया में अपना रहा।

****

सपना में सपना सांच नहीं होता,
रात में कांच कांच नहीं होता।
चमकती है बिजली चमकता है शीशा,
लेकिन सपने का कांच आंच नहीं होता।

****

अंधेरी रात थी ठंडी बयार थी,
जमीन को देखकर बादल को प्यास थी।
बादल करने लगा शोरगुल,
पता चला नीर रानी तो उसकी पुरानी सास थी।

****

सीट पर नाम लिखा था डी के,
मन की मदिरा पी के।
उसे अच्छा ना लगा जिसकी सीट पर लिखा था,
चला गया मेरा हाथ सुई से सी के।

दफनाने की कब्र में,
हजारों बसते हैं।
मरने के बाद भी लोग हमें,
शर शैय्या पर धागों से कसते हैं।

****

जो सूखे पेड़ पर रहते थे,
वो उड़ गए परिंदे।
अरे हम तो सांसों में बसते हैं,
हमें कैसे उड़ाओगे बंदे।

****

तृप्ति मेरी महबूबा थी,
जो रात में मिलने आती है।
सारे बगीचे के फूल सूख गए,
इसीलिए वह रात में यहां खिलने आती है।

****

उधारी के दांतो से काम चला लोगे,
तो जिंदगी का क्या होगा।
बाहर से नेता चुने गए तो,
इनके नाती पोतों के रिश्तो का क्या होगा।

दूषित सपना कभी साकार नहीं होता,
मन का कोई आकार नहीं होता।
कितने मानव जानवर कितने जानवर मानव,
लेकिन मानवीय रूप कभी निराकार नहीं होता।

****

सफेद ड्रेस के बीच में,
काले नाग रहते हैं।
नेता बच बच के चलते हैं,
क्योंकि उनके शरीर में कलंक के काले दाग रहते हैं।

****

अटारी ऊंची के पीछे से,
हमें आंख दिखा रहा।
खुद तो वाकिफ है सारी चीजों से,
हमें पर्दे के पीछे गिरा रहा।

****

ऊपर तक कूड़ा करकट भर लिया उसमें,
जो बिना तले की परात थी।
कूड़ा ढूंढ गिरने पर ढूंढा- मिला नहीं, समझ बैठे
वह सुनहरी सुबह नहीं अंधेरी काली रात थी।

एहसास मजबूरी का बिन वक्त के साथ नहीं होता,
गुजरते वक्त में भी कोई साथ नहीं होगा।
यह लोग तो ना होंगी उनकी खुशी में मगर,
खुदा का विश्वास उनके साथ होगा।

****

मुरझा गई वो कलियां फूल,
जो सूखे में रहकर भी हरे भरे थे।
मजबूर हुए सूखे कैसे,सोंचने मे
लेकिन वो तो प्रेम की अग्नि मे जले थे।

****

चलते को गिराने के लिए,
रोड़ा लगा देते हैं।
चलता तो चला जाता है, रोड़ा फांद कर,
खुद ठोकर खाकर अकल खो देते हैं।

****

सुबह पिल्ला बबूले से निकला,
जहां वह रात भर सोया था।
चल फिर कर थोड़ी दूर वहीं टट्टी कर दी,
जिसको पूजा के लिए हमने दिन भर धोया था।

ओलों की बरसात हवा के साथ भी,
अग्नि को पूर्णता बुझा नहीं पाएगी।
जितनी ठंडी आग करोगे,
ज्वाला उतनी ही भड़कती जाएगी।

****

हम बाहर से आए थे,
दूसरों को पीटने के लिए हमारा किनारा लिया।
पड़ा टूट पत्थर जब मेरे ऊपर
कहने लगे तूने भी तानाशाही का सहारा लिया।

****

पेड़ों ने कहा सूरज से,
कभी तो उगो पश्चिम से।
बेचारा सूरज ही यूं कहने लगा,
मुझे डर लगता है चोरों से।

****

ना बसंत आने की खुशी ना शीत जाने का गम,
बस बहार खिलने की दुआ करते हैं हम।
जीते हैं बस इस आस में बहार आएगी,
और मरते इसलिए नहीं कि वह अकेली रह जाएगी।

कब तक फूलों की मार,
बहारों के विचार सहूँ।
ना समुंदर अपना रहा ना रविंदर,
अपना हाल किससे कहूँ।

****

तारकोल से चारकोल निकाल लिया,
कोका कोला से कोल हटा दिया।
कोका बन बिगड़ गया शब्द,
इसी तरह जर्मीं का हाल बिगाड़ दिया।

****

सांप को कभी श्राप नहीं लगता,
बाप को अपना बेटा कभी बाप नहीं लगता।
बेटा बुढ़ा हो जाए लेकिन,
बाप को प्यारा बेटा से छोटा कोई नाम नहीं लगता।

****

शहरों के कमीने, कमीनो की दुनिया
यह स्वार्थी और स्वार्थियों की दुनिया।
जहां सुख गम मुझे और तुम्हें मिला है,
अपने नशे में नहीं बेनशीली दुनिया।

आप अपना पैसा क्यों काला करते हो,
नदी को क्यों नाला कहते हो।
अरे उठो! जागो और चलो,
क्यों अपने आप को बिना चाबी का ताला कहते हो।

****

एक के बाद एक लाइन में,
आ रहे हैं मेहमान हैं।
कई तो उनमें जानबाज हैं,
कई लठिए के बेजान हैं।

****

कहां गया वह जमाना,
जब देश भक्तों ने जान खूंटी पर टांगी थी।
जनता गोलों के करतब देख रही,
अंग्रेजों ने मिसाल बेमिसाल भारत पर दागी थी।

****

हमारे सामने ना कोई टिक पाएगा,
लड़ने से पहले मिट जाएगा।
अरे यारों हिम्मत से एक थप्पड़ तो उठाओ,
बाकी तो वह खुद-ब-खुद पिट जाएगा।

आंख मीच कर हाथ डाला झुंड में,
हाथ में आ गई उसकी नाक।
परिंदे की चोंच जान छोड़ दिया उसे,
मालूम ना था, देख रहा वह हमें पकड़ने की ताक।

****

नव जन्मा बच्चा रो रो कर,
अपनी मां का दूध पीता है।
मर्ज हो गया था भागने का जिसको,
वही आज वनों में छुपकर जीता है।

****

पानी पिला कर वे हमें,
हमारा खून अंधेरे तले पीते हैं।
हम तो परोसते हैं गैरों को भोजन,
लेकिन वह उनके कटोरे छिनते हैं।

****

घड़ी रुक गई जब समय खराब आया,
धूल उड़ गई जब नवाब आया।
पेन मेरी याद क्षमा याचना करने लगा,
जब दुनिया की सच्चाई लिखने का मुझे ताब आया।

कहां वो नए जमाने की सौगात होगी,
नया चांद होगा नयी रात होगी।
हमें सूरज बनना पड़ेगा तुम्हें चांद,
जब जमाने की सूरत खाक होगी।

****

लिखा है अब तक शायद लिख ना पाएंगे,
पेन तो चलेगा अक्षर दिख ना पाएंगे।
चार चार राक्षस बैठ गए पेन की रिफिल पर,
कोशिश करेंगे पर रिफिल में स्याही भर ना पाएंगे।

****

जिस का गुणगान दुनिया करती है,
उसका क्या है आज लबों लहजा।
हम सहभिखारी ईमान पर चले,
वह जेबकतरा बन, बन गया राजा।

****

हजारों लोग राजनीति में आते हैं,
नेता बनकर संसद में बैठ जाते हैं।
पहले तो उम्मीद जताते हैं भ्रष्टाचार खत्म कर देंगे,
अंत में खुद भ्रष्टाचारी बन जाते हैं।

जंगल की रानी शेरनी,
अब शिकार के लिए नहीं आती।
अंधियारे चांदनी फिक्सिंग कर ली,
इसीलिए चांद को भी चांदनी अब रास नहीं आती।

****

मैं संसार से कहा करता हूँ,
भेड़िए की झपट शेर की दहाड़ से डरा करता हूँ।
कोई हमारे लिए मरे ना मरे,
मैं बकरी के बच्चे के लिए भी मरा करता हूँ।

****

जिसने तेरे घर का निर्माण किया,
उसके हाथ कटवा दिए,
जिसने बाल रखवाए थे तुझे अपनी मांग दिखाने के लिए,
कमबख्त तूने उसके बाल ही मुंडवा दिए।

****

परोपकार को पाप समझते हैं,
मंदिर में इबादत को शान समझते हैं।
घर में पड़े हैं वृद्ध माता-पिता को लात मारकर।
मंदिर में रखे पत्थर को भगवान समझते हैं।

उनकी तीखी बातें सुनकर,
उनको मार दिया जिनका ना कोई कसूर था।
बगल में खड़े दोस्त को गोली मार दी,
दुश्मन तो पास नहीं खड़ा जो दूर था।

****

दूसरों से पीने को मना करने गए थे,
हम तो खुद पिए थे।
उनके हाथ में पानी की बोतल देखकर,
पता चला वह तो पानी है हम तो शराब पिए थे।

****

सेब समझ वे भी लेने आ पहुंचे,
जब हाथ में आए तो पाए पटाखे।
हम तो पहलवान थे कुश्ती के मैदान में,
लेकिन आज छुपकर पर्दें के पीछे से झांके।

****

बारिश के चलते भूख होने पर,
समंदर अपना सारा पानी पी लेगा।
बाढ़ आएगी मेघ बरसेंगे फिर भी,
आदमी अपने एक आंसू से नहा लेगा।

ना अब राम सीता बनवास जाएंगे,
एक कोने में रोटी बना बैठ खाएंगे।
रणभूमि बन जाएगी वही घर में,
जहां भाई भाई आपस में भिड़ जाएंगे।

****

घर–घर लाल हरी झंडी की जगह,
कोने कोने में तिरंगा लहराएगा।
जो हिम्मत ना रखता तिरंगा छूने देखने की,
वही आज तिरंगा फहराएगा।

****

विशाल वृक्ष गिर गया वहां,
जहां नाला बहता था।
सड़क बन गई वृक्ष के ऊपर,
वह भी वहां से गया जो उसे भाला कहता था।

****

लड़ते भिड़ते खींचातानी करते,
दुनिया बन गई द्रौपदी का चीर,
खींच रहे साड़ी पर साड़ी वही,
जो बैठे जा खा रहे शासित कुर्सी पर खीर।

बाज और कबूतर को गले मिला मेला लगाया,
इससे हमारी समाज में बड़ाई होगी।
कबूतर को सामने देख बाज झपट पड़ा,
हमें पता ना था कि लड़ाई होगी।

****

राम ने न्याय की कसम खा ली,
लव कुश ने धनुष बाण चढ़ा ली।
यह नजारा था तब का,
जब सच्चाई बुराई के तालाब में नहा ली।

****

बीड़ी पी कर मुंह से निकलता,
मामूली सा धुआं है।
लेकिन उसका क्या होगा,
जो लग चुका दिल पर दाग का सुआ है।

****

सूरज से चमकती रौशनी आने लगी,
बादल ने प्रकाश में अपना शीश दिया।
आटा लेने गए थे हम नदियों से,
नदियों ने पहाड़ के पत्थरों को दर्रों में पीस दिया।

बोतल पर शराब खुलती रही,
रात भर शराब पानी में घुलती रही।
हम तो गिलास पर गिलास लेते रहे दो बोतल समझकर,
लेकिन तराजू पर बोतल पर बोतल तुलती रही।

****

रसोइए से सब्जी बनवाई
लगाने को जीरे का छौंक कहा।
गुलाब पत्ती दिखा जीरा कहने लगा,
लेकिन सब्जी के छौंक में कांटे का नोक रहा।

****

चिकना सफेद पाइप के ऊपर देख गोरा है,
भीतर झांको अंधेरा ही अंधेरा है।
जिसे कल परसों हमने कमजोर मान छोड़ दिया,
उसने ही आज हमें वीरान जंगल में घेरा है।

****

गम पी लिया उन्होंने,
जो कल तक नशा ना करते थे।
आज खुद ब खुद शायरियां करने लगे,
बरसों से जो खोए खोए रहते थे।

गुलाम की जगह बादशाह फेंक दिया,
बाजी ना जीतने का इरादा बढ़ गया।
उन्हें मालूम नहीं, हम ने चली चाल
जब रास्ता बदलकर फायदा बढ़ गया।

****

नागपुर में सोए थे, सुबह कानपुर में मिले,
ना दुख सुख रहे, ना शिकवे गिले।
ताजी हवा के लिए लगाए थे पौधे,
ना उन पर फूल खिले ना वह दोबारा मिले।

****

चुनाव होते तो नेता जरूर आते,
सरकार बनती तो खुशियां जरूर मनाते।
देखें तो सभी लोकतंत्र का पालन करते हैं,
लेकिन असल में करते तो जेल की रोटी अवश्य खाते।

****

लोगों को हाथ मिलाते देखा है,
चमचों को पैरों पड़ते देखा है।
कौन कहता है भ्रष्टाचार खत्म होगा,
हमने आंदोलनकारियों को भ्रष्ट होते देखा है।

नेता सोचते हैं जनता को क्या दें,
गरीबी एवं दरिद्रता हटाने का उपाय क्या दे।
पैसा है अर्थव्यवस्था का राजा,
मगर पैसा पहले से ही विदेशों में जमा है वह पैसा कहां से दें।

****

वह हमारे आगे बैठे थे,
यह समझकर हम पीछे बैठ गए।
हमने तो दो लफ्ज प्यार से कहे थे उन्हें अपना मान कर,
वह पराया समझकर हम पर ऐंठ गए।

****

पल पल मां याद आती है,
जाकर स्मृति पुनः बन जाती है।
सोचता हूँ जब मैं कांटो में पड़कर,
तो सपनों में फूलों की सेज पर सुला जाती है।

****

सपनों में काश वह अपना होता,
सच में तो कहां मिल पाएगा।
परिश्रम लगन की जरूरत है दोस्तों,
पत्थर भी पानी बन जाएगा।

बाजरे की रोटी सब्जी सहित,
मानो लगती है कचौड़ी।
संकरी गलियां भी आज,
धक्का खा कर हो गई हैं चौड़ी।

****

ऐंठन जमाने की खत्म हो जाएगी,
कमर के बल, बल खाएगी।
हमने अगर दखल अंदाज किया उनकी जिंदगी में,
तो उनकी जिंदगी ठोकर पल-पल खाएगी।

****

लड़की को दिखाने को सीटी मारी थी,
हमें पता ना था वह लड़की नहीं नारी थी।
बगल में खड़ा दोस्त हमें ही मारने लगा,
पता चला वह तो उसकी साली थी।

****

आज हमने वह मींग खाई थी,
जो बरसों पहले नींव में दबी थी।
पेड़ पर गोंद वाली मींग खाना छोड़ दिया,
उसे खाने लगे जो जमीन में हुई थी।

जिंदगी चल नहीं रही चलाई जा रही है,
जैसे पंचर मोटरसाइकिल की टंकी पर बैठकर,
मोटरसाइकिल भगाई जा रही है।
एक गुलाब को देखकर हम भी आह भर बैठे,
तो बराबर में खड़े दोस्त ने कोहनी मार कर कहा
तो सुनकर तो मुर्छा आ गई,
पीछे देख तेरी लुगाई आ रही है।

****

आपका स्वागत करे कोई,
उसके स्वागत से मेरे स्वागत की होड़ है।
मैं हूँ आपका आप मेरे,
ये आपकी मेरी जोड़ी बेजोड़ है।